Alaaf! Helau!

Lachen macht schlau!

Der Inhalt

Besuch einer Schönheitsfarm

Christel Bode

Im letzten Jahr da kam ein Brief,
sein Äußeres war exklusiv,
herzlichen Glückwunsch, Sie haben gewonnen
und können sofort zu uns kommen

auf eine Luxusschönheitsfarm
mit einer Woche Entschlackung für´n Darm,
bitte melden Sie sich an,
in Pforzheim, "Haus der leicht Madame".

Ich sah in den Spiegel, das kostete Zeit,
denn mein Durchmesser war für den Spiegel zu breit
und meinen Unterbrustumfang
maß ich in der Taille schon jahrelang.

Meine Reizwäsche ging deshalb mit wenig Charme,
zur besseren Stütze bis weit untern Arm.
An mir nagte nur noch, ich war es echt Leid
lediglich der Zahn der Zeit.

So fuhr ich drei Tage später hin,
um einzulösen den Supergewinn.
In der feudalen Eingangshalle
empfing mich eine dürre Schnalle.

Beim Blick in meinen Ausweis dann,
fing sie blöd zu kichern an,
oh, werte Dame, das waren mal Sie,
sie sollten auch zur Chirurgie.

Als Begrüßungscocktail wurde gereicht
Knoblauch in Rizinusöl eingeweicht,
dann gab sie mir den Zimmerschlüssel
und zeigte mir den Weg zur Schüssel,

die Winde bliesen nachts mir ins Ohr
After eight raus - Freiwillige vor.
Ja, wer schön sein will muss leiden
bis hin zu den Eingeweiden.

Hungrig schreckte um 6 Uhr ich auf,
geweckt vom Ruf zum Dauerlauf,
die Hühneraugen noch geschlossen,
bin ich erst um den Block geschossen,

mit Krähenfüßen dann Tai Bo,
Gymnastik, Stretching sowieso,
zum Frühstück schließlich nach dem Trimmen,
gab´s Körner, die in Molke schwimmen.

Statt Kaffee gab es Kümmeltee
mit Algen aus dem Baggersee,
die wären hilfreich gegen Dellen,
die meine Keulen unschön wellen.

So schlürfte tapfer ich und kühn
verfärbte im Gesicht mich grün,
als es schallte mit Getöse:
"Hallo, ich bin heut die Masseuse.

Sie erhalten gleich sodann
unser Anti-Age-Programm!
Gesichtsmassage, Modelage,
Liposomenlymphdrainage,

Ampullen-Busenmaske pur,
gegen die Schwerkraft der Natur
und für die Schlankheit der Figur,
die Folien-Thermo-Wickelkur,

legen Sie sich mal aufs Bett,
ich hol nur noch das Walfischfett!"
Sie walkte und rubbelte wild drauf los,
schmierte Liftinggel auf jeden Klos,

kein Mann hätt´ da versucht zu landen -
ja selbst eine Fliege kam abhanden,
sie endete im freien Fall
so glitschig war ich überall.

Mit Plastikfolie fing sie dann
mein Gestell zu wickeln an.
"So," rief sie, "und jetzt schön schwitzen,
das löst den Unrat aus den Ritzen".

Vom welken Kinn bis zu den Knöcheln,
fing ich langsam an zu köcheln
und garte stumm in meiner Soße
wie Rollbraten im Umluftofe'.

Ja, wer schön sein will muss leiden
bis hin zu den Eingeweiden.
Zwei Stunden später kam die Dolle
um mich endlich aufzurolle',

das stille Wasser stand mir bis zum Hals,
langsam lösten sich Schlacken und Schmalz,
mein Hintern strahlte leuchtend rot
wie Schinken auf dem Krustenbrot,

das Bauchläppchen tranig, die Brustspitz verhutzelt,
ich hatte wohl zu lang gebrutzelt.
Mein Magen knurrte wie ein Pudel,
im Geiste sah ich Apfelstrudel,

stattdessen bringt ´ne Barbiepuppe
mir einen Teller Grünkernsuppe
und als sie hob die Silberhaube,
versteckte sich vom Wein die Traube

unter einem Blatt Salat,
das sich mit Bambussprossen paart,
dazu verrunzelt, gelb und trocken
zweieinhalb Karottenbrocken.

Ja, wer schön sein will muss leiden
bis hin zu den Eingeweiden.
Am letzten Abend sprachen dann
mich Möchtegern-Casanovas an,

für die Jagd in fremdem Forst,
war berühmt der Rammler-Horst
vom Nachbarhaus ein kleiner Schleimer,
sein Spitzname war Gummi-Reiner ,

ein anderer wollt mir gleich ans Mieder,
bekannt war er als Strapsen-Dieter,
ein Musikfritz sang "Love me tender",
ich zeige Dir mein' Notenständer,

der nächste, der sich gern gepaart,
war der wilde Eberhardt.
Er fragte, gehst Du mit zur Sause
rüber in die Reha-Klause?

Ich runderneuert wie ein Reifen,
wollte den Spaß mir nicht verkneifen.
Wir tanzten grad auf Roland Kaiser,
da grapschte mich der Achselschweiser

und wollt mich knutschen auf die Brambel,
der abgenutzte Hannebambel
beim Tango hob ich keck mein Knie
worauf er "ei ei ei" laut schrie.

Ja, auch wer frech sein will muss leiden,
bis hin zu den Eingeweiden.
Was ich erzählt, ist lang schon her,
ich schwitz und hungere nicht mehr,

ich trink auf alle hier im Bau,
prost, macht's gut, Alaaf, Helau!

Fünf Indianerinnen auf Kriegspfad

Dr. Benno Bulitta

1. Indianerin Lisbeth
(aufgetakelt und hässlich, möchte gern attraktiv, kommt herein)

Ich bin eine Indianer-Skwaa, eine Rassefrau,
und such' einen Mann in diesem Bau.
Drum geh' ich hier jetzt auf die Pirsch,
vielleicht find' ich einen flotten Hirsch.

(guckt in die Runde und schüttelt den Kopf)

2. Indianerin Babett
(noch viel unattraktiver kommt und spricht Lisbeth an)

Ja, sag mal Lisbeth, was machst Du dann,
suchst Du vielleicht auch einen Mann?

Lisbeth: Ja, Babett, es ist wirklich schwer,
wo kriegt einen gescheiten Mann man her?

Babett: Gescheit braucht er nicht wirklich sein,
sonst fällt er auf meine Reize nicht rein.
(Sie betont ihre unmögliche Figur)

Lisbeth: Bei Dir, da kann ich das versteh'n,
wer Dich sieht, kann nur weg seh'n.
Bei mir geschieht das nicht und nimmer,
ich wickel' Männer nur so um den Finger.

Babett: Du hast einen Riesenmännerverbrauch,
aber willst Du wirklich heiraten auch?

Lisbeth: Beim Richtigen, zur rechten Zeit,
wär' ich hierzu vielleicht bereit.
Dann krieg' ich eine schöne Hochzeitsnacht,
bin gespannt, was ein Mann da alles macht.

Babett: Ich weiß das schon von einem Mann,
dass es nicht schnell genug langsam gehen kann.

3. Indianerin Mohikana
(noch unmöglicher, kommt rein)

Was seh' ich hier, ich muss schon sagen,
seid Ihr denn auch beim Männerjagen?

Lisbeth und Babett zusammen:
Eigentlich ist es keine Jagd,
wir befinden uns auf Krieges Pfad,
Baggern an bei Männern tollen,
weil wir sie wie im Krieg erobern wollen.

Mohikana: Wen seh' ich da, ist das nicht gescheit,
das ist unser' Adelheid!

(Adelheid ist sehr attraktiv)

Was machst Du auf der Männerpirsch?
Du bist doch so ein flotter Hirsch?

Adelheid: Mit Männern ist das so eine Sache,
die hab'n doch alle eine Macke.
Ich will einen reichen, schönen Mann,
der auch gut mit Kindern kann,
der gut aussieht und ist nett
und es bringt auch in meinem ....(meiner) Küche...

Alle anderen drei in den Himmel guckend

Ja davon träumen wir auch,
doch die alle hier *(deuten in den Saal)* haben einen Bauch.
Saufen Bier und Schnaps und protzen,
im Bett daheim, tun sie nur ....
(zwei furzen mit dem Mund, eine sagt)
schnarchen.

Adelheid: Ich sag' es immer beim Weidmannsheil,
ein Furz ist ein Indianerpfeil,
sonst hätten manche Weidgenossen,
ihre Weiber schon im Bett erschossen.

Bellinda kommt rein *(sie ist angemalt und gekleidet wie ein Püppchen)*

Ich hab' den Trick ganz leicht heraus,
wie kriegt man einen Mann ins Haus!

Alle anderen: Wie?

Bellinda:

Ein Knabe wünscht vom Weihnachtsmann
am liebsten einen Hampelmann.
Die Mädchen anders als die Knaben,
die möchten gern ein Püppchen haben.
Sind sie dann groß und aufgeklärt,
ist das Verhältnis umgekehrt:
Ein Püppchen will der Knabe haben....
(Tanzt und schäkert auf der Bühne)

Lisbeth: *(trotzig)*

Und einen Hampelmann will's Mädchen haben,
den sie fest an der Strippe hält
und zappeln lässt, wenn's ihr gefällt.

Adelheid: Wenn ein Mann spricht:
"Mir geschieht das nimmer!"
Ich bin ein guter Frauenkenner.

Alle Indianerinnen im Chor:
Das sind die größten Hampelmänner!

Der Pechvogel

Winfried Schwalbach

Hallo, guten Tag, Hipp Hipp Hurra,
ich bin so froh, deshalb bin ich da.
Ich heiße .... *(Namen einsetzen)*, wer mich noch nicht kennt,
bin sprichwörtlich das, was man Pechvogel nennt,

deshalb guck ich manchmal auch blöd aus der Wäsch',
was ich auch mach', ich hab' einfach Pech.
Selbst heut' an der Tür ließ man mich nicht rein,
erst bräucht' ich eine Karte, das müsste so sein.

Ich hab' eine gekauft, ich konnt' es nicht wissen,
dann kam so ein Blödmann und hat sie zerrissen
und sagte noch: Kleiner, jetzt werde nicht frech,
ich kann machen, was ich will, ich hab' immer Pech.

An einem Freitag, den 13. bin ich geboren,
meine Mutter hat mich im Galopp verloren
als Kind Nummer sieben kam ich zur Welt,
scheinbar ein Zufall, ich war nicht bestellt.

Dazu war an dem Tag noch sehr schlechtes Wetter,
deswegen ist der Bundespräsident auch mein Petter,
und dann hat mir noch unsere Oma gesagt,
unser Katz' hätt' am gleichen Tag Junge gemacht.

Deshalb wurde auch, damit nichts mehr passiert,
am nächsten Tag unser Kater kastriert
und weil unser Tierarzt darin war sehr fit
musste auch gleich mein Vater noch mit.

Wie schon gesagt, ich bin Kind Nummer sieben,
bin ich bis jetzt auch der Kleinste geblieben,
Muttermilch hatte ich nie bis zuletzt,
denn die Zapfhähn' war'n durch die Geschwister besetzt.

Und heut' noch, wenn wir zu Hause am Tisch,
da bleibt meistens kaum was übrig für mich,
gibt's bei uns Gulasch, die Freude ist groß,
das Fleisch ist schnell fort, für mich bleibt die Soß'.

Mein Arm ist zu kurz, selbst wenn ich mich stelle,
gibt's bei uns Fleischwurst, krieg' ich die Pelle,
ob Dickmilch, ob Joghurt, wenn wir das mal kaufen,
krieg ich was von hinten, die sind abgelaufen.

Steht Katzenfutter und Thunfisch bei uns mal im Keller,
da komm' ich nicht dran, unsere Katze ist schneller,
so frage ich hier alle Damen und Herrn,
wie soll denn aus mir etwas Richtiges wer'n?

Und geht's um Kleidung, das find ich gemein,
ich kriege nur das, was den andern zu klein,
selbst von Aldi, Lidl, Real und auch Spar,
krieg ich nichts zum Anzieh'n, es wär' genug da.

Ich finde es blöd, das muss ich mal sagen,
nur von den andern den Trödel zu tragen,
grad in meinem Alter, ich bin nicht von gestern,
als einziger Bub, all die andern sind Schwestern.

Bei so vielen Frauen, das sei mal gesagt,
mit Oma und Mutter sind es nämlich acht,
werden ich und mein Vater stark unterdrückt,
ich hab jetzt einen Brief nach Berlin geschickt,

an meinen Petter, oh gehe zu Werke,
und helfe die Rechte der Männer zu stärke,
denn streik',ich zu Hause, das bringt mir nichts ein,
es ist eine Qual, der Jüngste zu sein.

Mein Vater, ja der merkt das nicht,
der schläft meist am Tag und geht nachts auf Schicht.
Nachts ist das Bett, wo mein Vater sonst pennt,
jetzt untervermietet an einen jungen Student.

Ja, es wird nicht besser, es wird immer schlimmer,
wir Kinder schlafen alle in einem Zimmer,
die Jüngsten, die werden zuerst kurz nach acht,
von unserer Mutter ins Bett meist gebracht.

Und schlafen wir fest, werden wir dann von oben
genommen und unter das Bettchen geschoben,
denn durch diese Taktik sind für die anderen drei
im oberen Teil die Matratzen dann frei.

Meine älteste Schwester, die hat letzte Nacht
zum Schlafen auch noch ihren Freund mitgebracht,
der ist aus dem Rheinland, so hörte ich munkeln,
denn mitten in der Nacht fing der an zu schunkeln,

die haben geschunkelt und sangen vor Glück,
nicht nur rechts und links, auch vor und zurück.
Ich lag im Bettkasten in einer Ecke,
ich hab' nicht nur Pech, jetzt auch blaue Flecke.

Selbst in der Schule, da hab' ich kein Glück,
statt vor muss ich meistens eine Klasse zurück,
die Lehrer, die fragen, das ist doch der Scheiß,
genau immer das, was ich gar nicht weiß.

Ich hatte mal Glück, ein Wunder geschieht
und hab' kürzlich einen Ein-Euro-Job kriegt,
deshalb will ich mich gar nicht aufregen,
für eine Euro muss ich unsern Bürgersteig fegen.

So fegte ich gestern ganz froh und munter
den Bürgersteig hoch und die Rinne runter,
kommt so ein Drecksack, wirft vor unser Haus,
eine Bananenschale, ich rutsche drauf aus.

Meine Mutter, die ruft: Jetzt mach' aber fix,
Du sitzt auf der Straß', warum schaffste denn nichts?
Die Zeit zieh ich ab, jetzt mach' nur kei' Dinger,
Ihr seht, mir klebt das Pech am Finger.

Auch bei den Mädchen hab' ich kein Glück,
die eine zu groß, die andre zu dick.
Ich hatte mal eine, das war echt ein Luder,
die spielte mit mir, doch nur am Computer,

das ging nicht lang gut, ich sah es schnell ein,
sagt die: mein Speicher wäre zu klein
für ihre Spiele, die wär'n nicht von Pappe,
da müsst ich einen größeren Speicher doch habe.

Was denkt, die sich nur, jetzt geht's aber los,
unser Speicher ist achtzig Quadratmeter groß.
Doch da kann man nicht spielen, da hatten wir Pech,
da trocknet nämlich meine Mutter die Wäsch',

und wenn wir in Urlaub fahren hin und zurück,
da hab' ich als Jüngster meistens kein Glück,
fahr'n wir mit dem Auto, da komm ich ins Schwitzen,
denn ich muss mit dem Hund meist im Kofferraum sitzen,

und wie immer geht dann noch einiges schief,
kein Stern hat's Hotel, doch all inclusive,
ein Bauernhof war's im hintersten Bayern,
die Leute waren nett und was konnten die feiern.

Ich musst' nachts zum Schlafen, das war halt mal so,
in den Kuhstall wie das Christkind auf Heu und auf Stroh
und morgens der Bauer bekam fast einen Schlag,
weil ich neben seiner Milchkuh lag.

Er rief zur Magd, schau mal, was da liegt,
unsere Frieda hat wohl ein Kälbchen gekriegt,
fragt die kurzsichtige Magd, ihr Name war Gretchen,
was haben wir denn, Bub oder Mädchen?

Lass mich mal gucken und mach' keine Dinger,
was bin ich gerannt, sie hat kalte Finger.
Ich find das gemein und außerdem frech,
egal was ich mach, ich hab immer nur Pech.

Jetzt hab' ich gedacht meine Damen und Herrn,
das neue Jahr tät besser mal wär'n.
Beim Feuerwerk war's am letzten Sylvester,
wir feierten bei meinem Freund seiner Schwester,

ich zünde einen Knallfrosch und werfe ihn fort,
und da wo der hin springt, ja ganz genau dort
steht unsere Oma, für mich war's ein Schock,
springt der genau unter der Oma ihr'n Rock.

Sie tanzt Lapostella, alle fanden das toll,
sie wurd' immer schneller schon fast Rock'n Roll,
Hochstimmung war selbst unter uns Kindern,
was hat unser Oma Feuer im Hintern.

Doch was war wieder das Ende vom Lied,
ich war dran Schuld, hab' 'ne Ohrfeige kriegt
vom Taschengeld kauft ich der Oma neu Wäsch',
Ihr seht auch im neuen Jahr habe ich Pech.

Doch heut' hab' ich Glück, ich mach keine Faxen,
konnte mal reden wie mir der Schnabel gewachsen.
Es geht mir schon besser, ich merk es genau,
ich wünsch mir viel Glück, macht's gut und Helau!

Die Fußball-Ehefrau

Renate Raschke

Hallo, Leute, könnt' Ihr mich hören?
Bin der neue Fan von den Akteuren,
dachte mir, schau doch mal rein,
vielleicht gibt's ja ein Gläschen Wein.
Von einem Altfußballer bin ich die Frau
und grüße Euch jetzt mit Helau!

Über ....*(Ort einsetzen)*, da wehen die Fahnen,
und es jauchzen die Germanen,
alle rennen, hasten, eilen,
keine Zeit mehr zum Verweilen.
Ja, da muss es doch was geben,
alle flitzen wie um's Leben.

Man hört von Ferne schon Rabatz,
der Grillgeruch kommt auch vom Platz.
Fußball fasziniert die Massen,
obere und untere Klassen,
und ein echter Fan kann eben,
ohne Fußball nicht mehr leben.

Ja, mein .... *(Name einsetzen)*, ist stets dabei,
nahm zu manchem Spiel sich frei.
Mein Mann ist ein großer Fan,
ist einer von den vielen,
die jeden Sonntag treu und brav,
stets rennen zu den Spielen.

Samstags ist Premiere Zeit,
dass der Reporter nur so schreit,
Tor in München, Tor in Bayreuth,
oh, wie da mein............*(Name einsetzen)* sich freut.

Mein Wissen ist ein Minimum,
11 Spieler und der Ball ist rund.

Mein ....(*Name einsetzen*) hat mich instruiert,
genützt hat nichts, hab' nichts kapiert,
und schließlich sagte er zum Schluss,
dass ich das selber sehen muss.

"Am Sonntag kommst Du einfach mit,
da spielen hier die Bayern,
dann wird der Sinn des Fußballspiels,
sich bald vor Dir entschleiern."

Fragend guckt ich zu ihm dann."
"Und was zieh ich zum Fußball an?"
Ich brauch' ein neues Abendkleid,
falls das Fernseh'n dort erscheint.

Mein ....(*Name einsetzen*) sprang vom Kanapee,
Fußball ist nicht Hautevolee,
Hut und Mantel, Mütz' und Schal,
reichen beim Heimspiel allemal.

Ich hab' gebettelt und gefleht,
oh, gib' mir etwas Bares,
mit diesem Outfit werd' ich nie
Firstlady eines Jahres.

Am Sonntag hat mein .... (*Name einsetzen*)
mich persönlich angezogen,
genau wie jetzt vor Euch steh'
und das ist nicht gelogen.

Ich wollt am liebsten nicht mehr mit,
mein Mut wurd' immer kleiner.
Dann dacht' ich mir in dieser Kluft
kennt ohnehin Dich keiner.

Die Leute meinen doch am Platz,
wenn wir dort angekommen,
mein ....(*Name einsetzen*) hätt' 'ne Vogelscheuch
zum Fußball mitgenommen.

Nach einer guten halben Stund,
waren wir dann endlich drinnen.
Wir standen auf der Stehtribün',
der Zirkus konnt' beginnen.

Mein Holder hat mir gleich erklärt,
ich wollt' ihn bald vergasen,
das Dunkle wär' das Publikum,
das Grüne wär' der Rasen.

Die Spieler kamen nun aufs Feld,
11 Rote und 11 Blau-weiße,
und auch 3 Schwarze war'n dabei.
Ich sprach zu ....*(Namen einsetzen)* leise:

"Ich glaub, ich hab' den Überblick,
Du brauchst mir nichts verschleiern,
die Schwarzen da sind sicherlich,
Fußballer aus Bayern."

"Die Roten da, das sind die Bayern",
so tat er mir vermelden.
Ich staunte nur, denn rote Bayern
sieht man wirklich selten.
Am Spielfeldrand, ich bin ja nicht blind,
standen fesche Männer im lauen Wind.
Sie hoben ihre Fahnen mal auf und nieder,
ich grüßte mit meiner freundlich wieder.
Es waren Linienrichter, was für ein Beruf,
ich dachte, den gibt es nur am Bundesgerichtshof.

Das Spiel fing an, der Schwarze gab ein Zeichen,
das Gemetzel ging los, die gingen über Leichen.
Kämpften um einen Ball, ich hatt's schnell begriffen,
immer wenn's schön war, hat der Schwarze gepfiffen.

Ansonsten tat der gar nicht viel,
das könnte ich beschwören,
er hat nicht einen Ball getroffen,
ich glaube mal, der war besoffen.

Das Spiel, das lief jetzt hin und her,
nichts wurde uns geboten,
mal ein blau-weißer Kerl am Ball,
mal einer von den Roten.

Um mich herum schrie alles laut,
was fielen da für Wörter,
da wurde mancher brave Mann
buchstäblich zu 'nem Mörder.

Mein ....*(Name einsetzen)*, war ganz außer sich
und völlig in Ekstase,
ich schwenk Fahn', hab unentwegt
laut in mein Horn geblase.

Ich schrie: "Auf .... *(Name des Vereins einsetzen)* schießt den Ball ins Tor
und zeigt es diesen Bayern.
Auf "Wuchti", mach' ein Foul da vorn
und reiß' ihn an den ....am Hemd!"

Der Ball ging einfach nicht ins Tor,
das hat daran gelegen,
weil vor dem Tor ein Spieler stand,
der hatte was dagegen.
Torwart nennt man diesen Herrn,
ich glaub', der kam vom andern Stern.

Doch plötzlich kam ein Roter durch,
er hat sich aufgerappelt,
es hat geknallt, dann hat der Ball
im Fußballnetz gezappelt.

Es wurde still, ich wurde wach,
mit zitterten die Knie,
mei Fahn' hab ich wie wild geschwenkt
und laut "Tor" geschrien.

Die ganzen Leut' um uns herum,
war'n plötzlich voll Interesse.
Mein Alter hat noch leis' gezischt,
den Schweiß von seiner Stirn gewischt.

"Du Rindvieh, halt die Fresse!
Wie kannst Du Dich nur so vergesse!
Du schreist verkehrt, Du dumme Kuh,
Du hirnverbrannter Drachen Du!"

Jedoch die Warnung kam zu spät,
es fing schon an zu krachen.
Zuerst traf mich 'ne Colabüchs,
die konnt' ich noch verwinden,
ein anderer drehte mir vor Wut,
den Kopf von vorn nach hinten.

Ich schlug mit meiner Fahnenstang'
auf seinen dicken Schädel,
und seine Nas' sah plötzlich aus,
als wäre sie ein Knödel.

Nun endlich griff mein.................... *(Name einsetzen)* ein.
Er rief: Ich helfe Dir mein Kleines!"
Ich schrie: "ich komm jetzt immer her,
denn Fußball ist was Feines!"

Auf dem Platz ertönte dann
ein lauter Pfiff vom schwarzen Mann.
Gleich in selbiger Sekunde,
ein Gebrüll in weiter Runde
und der Nachbar, mir zu Linken,
tat mit meiner Fahne winken.

Auf dem Platz ging einer nieder,
man massierte ihm die Glieder,
hinter mir schrie einer "Foul!"
Schwupp, bekam er meinen Schirm auf's Maul.
Plötzlich lag der Ball im Netze,
ich brüllte:"Tor!", das war eine Hetze.
"Abseits", kreischt mein Vordermann,
doch da sprang ich ihn schon an,
in der einen Hand die Fahn'
warf ich mit einer Matschbanan'.

Auf dem Spielfeld unterdessen,
begann ein hartes Kräftemessen,
und der Torwart in Hypnose
zog den Schiri an der Hose.

Diese rutschte bis zum Zeh',
den blanken Hintern konnt' man seh'n,
deshalb hat er wutentbrannt,
diesen Mann vom Platz verbannt.

Nun, das Spiel wurd' immer härter,
Sanitäter, Krankenwärter,
hatten zwei schon auf der Bahre,
Schiri verlor die letzten Haare.

Der Rechtsaußen war am Fluchen,
musste seine Zähne suchen.
Dem Halblinken, bester Mann,
näht man sein Ohr, grad wieder an.

Und der ganzen Abwehrstütze,
fehlt sogar die Nasenspitze,
und der Spezialist für rechte Ecken,
hatte meinen Schirm im Hintern stecken.

Ach, das Spiel wurde abgebrochen,
.... *(Name einsetzen)* Seele war am Kochen,
und in einen Krankenwagen
tat man grad den Schiri tragen.

So, diese Schlacht wär' nun geschlagen,
doch es bleiben offen viele Fragen.
Dann wir uns zum Ausgang wühlen,
ich muss derweil mein Auge kühlen.

Auf dem Heimweg in Gedanken
Kam mein Weltbild schwer ins Wanken,
denn man tut uns täglich kund,
Sport sei heilsam und gesund.

Abends geht's dann auf ein Bier,
Diskussion bis früh um vier,
eine Fahne eilt ihm stets voran,
nach Hause schleicht ein alter Mann.

Montags morgen früh um sieben,
da denke ich an meine Lieben.
Unser Kind in .... *(Ort einsetzen)* und auch der Bengel,
werden verwöhnt wie kleine Engel.

Jetzt kommt die Zeitung auf den Tisch,
alles andere wird weggewischt,
gelesen wird, Tabelle rauf, Tabelle runter,
aber es kommt alles noch viel bunter.

Auf Seite eins in unserer ....*(Zeitung einsetzen)*
eine Riesenreportage von unserem Platz.
Mit großem Foto, ich mitten drauf,
schwenk grad mei' Fahn'n, bin oben auf.
Vom alten Dorf bis hin zum Meer,
kennt mich jetzt jeder, was will ich mehr.

Neuigkeiten, die ich ihm erzähle,
kommen nicht an in seinem Schädel.
Es ist einfach wie verflixt,
später sagt er, er wüsste von Nichts.

Der Kaffee, der ist auch schon kalt,
die Brötchen bis dahin, schon uralt,
Die Ergebnisse werden gelesen genau
bis zur nächsten Premierenschau.

Fast 30 Jahre halt' ich das schon aus,
und es werden bestimmt noch 50 draus.
Ja, bei .... *(Name einsetzen)* und bei mir, da stimmt die Chemie,
wir streiten uns selten und Sonntags nie.

Nun ist das Wochenend' vorbei,
blieb keine Zeit für Liebelei,
so ist das bei eines Fußballers Frau,
ich verabschiede mich, macht's gut und Helau!

Die Hebamme

Karl Oertl

Helau, Ihr Leut'; könnt Ihr mich sehen?
Hat eine von den Damen Wehen?
Dann blinzelt mir in aller Ruh'
mal mit dem linken Auge zu.

Dann setz' ich mich sofort in Trab
und brech' mein Referat hier ab,
wasch mir die Händ' in Alkohol
und trinke auf das Kind - zum Wohl!

Ich leite die Geburt auch ein,
das kann dann nach dem Vortrag sein.
Auch bin ich vorbelastet noch,
mein Opa hatte ein Baggerloch

und Arbeitskräfte war'n gefragt,
deshalb hat der zu mir gesagt,
bring Nachwuchs jede Menge an
und steh' als Hebamm' Deinen Mann.

Ich war im Einsatz Tag und Nacht,
hab mitgeflennt und mitgelacht.
Sah manchen nackten Popo an,
wo heut' schon Hämorrhoiden dran.
So ist das Leben halt, Ihr Leut',
des einen Leid, des andern Freud'!

Wenn's in der Liebe nicht mehr blüht,
die Ehefrau keine Kinder kriegt,
dann sag ich Leut', kommt, macht kei' Pferz,
fahrt nach Rom, kauft eine Kerz',

steckt die dort an, sprecht ein Gebet,
damit's daheim dann wieder geht.
So war's beim .... *(Name einsetzen)*, den jeder kennt,
jed' Jahr kam der Storch gerennt,

Im zehnten Jahr hat's schon geschnackelt,
da kam ne Ent' daher gewackelt,
die doch vor Rom ein Storch mal war,
mit langen Füßen wunderbar,

doch weil's ja jedes Jahr geklappt,
hat der die Bein sich kurz gedappt.
Ich war dann dort bei seiner Frau,
die kriegt das elfte Kind - Helau!

Ich sag': Deinen Mann, nehme ich mir vor,
der kriegt die Wärmflasch' mal aufs Ohr,
denn eines sage ich, das weiß ich,
der ist ja wie ein Zuchtochs fleißig.

Wo ist der Kerl? Na. Sag's mir schon?
Worauf sie meint, der ist nach Rom,
der kommt erst nächste Woch' nach Haus,
der sucht die Kerz' und bläst sie aus.

Meinen Opa, ja, den find ich klasse,
der hat mich Hebamm' werden lasse.

Einmal, das war ein tolles Ding,
was da im Kreißsaal vor sich ging.
Drei Väter standen auf dem Flur
und guckten ständig auf die Uhr.

Aufgeregt und wie gedoppt,
laufend an meiner Tür gekloppt.
Immer fragend unumwunden,
hat meine Frau, denn schon entbunden?

Ist mein Kind schon auf der Welt?
Ich hatt' es doch für heut bestellt.
Drei Väter machten laufend Krach:

(nach Ortslage Namen der Städte austauschen)
Der eine war von Offenbach,
von Frankfurt war ein Vater da,
der and're von Schwarz-Afrika.

Auf einmal gab es ein Malheur,
der Doktor schreit, hört einmal her,
weil jeder hier inzwischen rauscht,
hab' ich die Kinder all vertauscht.

Was, schreit der Frankfurter da laut,
und hat sich zornig aufgebaut,
ist in den Kreissaal rein gerennt
und nimmt den Schwarzen in sei' Händ'.

Worauf ich sofort protestiert,
Sie haben sich da schwer geirrt,
dass dies nicht ihrer ist, ist richtig,
für mich sagt der, ist äußerst wichtig,

daheim bekäm' ich nie verziehe',
tät ich den Offenbacher kriege.
Gebt mir den Afrikaner her,
weil dies das kleinere Übel wär'.

Ich denk' oft an mein Nachbar Karl,
nebst Kälberstrick stand er im Stall.
"Das Leben wird sich jetzt genommen,
das zwölfte Kind, ist gerad' gekommen.

"Ich häng' mich auf", so flennt er los.
Ich sagte: "Untersteh Dich bloß!"
Erst setzt Du Kinder in die Welt.
Und dann? Dann wird sich abgemeld't?

Das kann doch nicht die Lösung sein.
Ich mach Dir gern ein Knötchen rein."
Da fängt der lauthals an zu lachen,
da dran willst Du den Knoten machen?

Es steht in jedem Doktorbuch:
Dafür ist der nicht lang genug.
Doch ich weiß, was wirkt, ganz akkurat,
streich' doch den Selleriesalat!

Ich hab' schon wirklich wahre Größen
ohne Haken, ohne Ösen,
gefühlvoll in die Welt gesetzt,
genau wie da im .... *(Ort oder Bundesland einsetzen)* letzt.

Na, ein paar Jahre ist's schon her,
der Bub legt sich vorm Ausgang quer
und als er da war, sollt Ihr wissen,
fing er schon an mit Bogen pissen.

Das war ein Strahl exakt gezogen
grad wie ein bunter Regenbogen
und auch der Farbschleier davor
echt - aus bunt schillerndem Color.

Und darauf meinte ein Student,
der dem sein' ganz' Familie kennt,
der Bub wird ab sofort im Land,
nur noch Männeken Piss genannt.

Und mein Opa, ach, den find ich klasse,
der hat mich Hebamm' werden lasse.

Auch .... *(Persönlichkeit mit großen Ohren einsetzen)*, den ja jeder kennt,
lag zuerst in meine Händ'.
Ich denk noch dran, als der geboren
mit seinen riesengroßen Ohren,

da sah der aus als kleines Kind,
wie ein Taxi, wo die Tür'n auf sind.
Beim ....*(Name eines Ministers einsetzen)*, da hat's geflutscht,
der kam entgegen mir gerutscht.

Da meint ein Doktor, ein Philister,
ganz sicher wird der Bub Minister,
was der für tolle Formen hat,
der ist schon jetzt wie'n Aal so glatt.

Meinen Opa, ja, den find ich klasse,
der hat mich Hebamm' werden lasse.

Als Hebamm', wenn ich's so besehe,
habe ich Euch etwas Freud' gebracht.
Mich selber freut es immer wieder,
wenn ich an unserer Fassenacht

die Menschen von den Alltagssorgen
ablenk' mit meiner Vortragsschau.
Ich ruf' Euch zu als Euer Hebamm'
Alles Gute und Helau!

Eine WC - Fachkraft

Beate Rakowski

Bei mir, da kehrt man gerne ein,
bei mir sind Sie mit sich allein,
bei mir da können Sie inzwischen
sich konzentrier'n auf's Wesentliche,
bei mir, da geh'n Sie, auf mein Wort,
jederzeit erleichtert fort,
und wenn's pressiert, ganz ohne Posse,
bei mir kann man sich gehen lasse,
kurzum, da gibt es kein Vertue,
ein Ort der Einkehr und der Ruhe,
wo niemand nervt und niemand stört,
ein Augenblick, der Dir gehört,
und darum ist am Ende letztlich,
die Klofrau quasi unersetzlich!

Wir sind, ich sag' das jetzt mal so,
hier quasi ein Fünf-Sterne-Klo,
schaun'n Sie einfach einmal rein,
Sie werden schlichtweg begeistert sein.
Und sich um die Sitzplätz' reißen,
unsere Schüsseln, all' aus Meißen,
und die Brille unbenommen,
allesamt von Fielmann kommen,
natürlich alles Einzelplätze,
in dem Moment, wo Sie sich setze',
ertönt Musik, eine super Sache:
"Es klappert die Mühle am rauschenden Bache",
nur gestern hat sich wer beschwert,
acht Mal hätt' er das Lied gehört,
und immer, wenn er aufsteh'n wollte,
da käm' die Stell', wo's Wasser grollte,
und dann müsst er, das wär' bitter,
jedes Mal dann grad schon wieder.
Ich hab' das Bändchen jetzt gewechselt,
und seit heut', grad wie verhexelt,

erklingt bei mir zu jeder Zeit:
"Steht auf, wenn Ihr ....*(Ort einsetzen)* seid!"

Bei mir passier'n, Ihr dürft nicht lachen,
manches Mal die tollsten Sachen.
Erst gestern hat sich - ohne Posse,
vier Stunden jemand eingeschlossen,
zuerst da dacht' ich so für mich,
sie hat Verstopfung sicherlich,
und kann und kann und kann nicht müssen,
doch irgendwann, da wollt' ich's wissen,
und klopf' verhalten an die Tür,
sind Sie noch drin, rufen Sie "Hier!"
"Hier", wispert's leise vom Abort,
"wo soll ich hin, ich bin nicht fort,
denn, Sie werden's nicht für möglich halten,

meine Zähne sind ins Klo gefallen,
und die tu' ich dringend brauche!"
Tja, sag' ich ihr, da hilft nur tauchen,
wegen zwei Reihen falscher Zäh',
hol' ich nicht das THW.
"Ach, das wird furchtbar, ich könnt's schwör'n,
wie soll ich das meinem Mann erkär'n?"
Ach, sag ich ihr, was soll er machen,
bestimmt wird er darüber lachen.
"Von wegen, Ärger werd' ich kriegen,
er hatt' mir seine ausgeliehen".

Damit's bei mir stets gut tut riechen,
da versprühe ich inzwischen
zur Verwirbelung der Luft,
bei den Herren Moschus Duft.
Im Beipackzettel hat gestanden,
Moschus wirke bei dem Manne,
erotisierend und ekstatisch,
na ja, wir seh'n es mal pragmatisch,
so manche rieche beim Verlassen
wie'n wilde Ochs', doch ohne Posse,
Ihr'n Sex-Appeal, ich sag's im Nu,
entspricht dem von der Milka-Kuh.
Doch manch' Andere gibt es auch,
die mit eingezogenem Bauch,
und mit rausgedrückter Brust,
im Blick die nackte, blanke Lust,
beim Zuzieh'n von der Lokustür,
grinsen wie ein Pampa-Stier.
Erst letzt kam so Einer raus:
"Ich muss zu meiner Frau nach Haus,
ich spür's, heut' kann ich alles reiße,
drum nichts wie fort. "Stopp"; rief ich leise,
"Sie haben nämlich unterdessen,
das Hochzieh'n Ihrer Hos' vergessen,
und sollte so Ihr Frau Sie seh'n,
dürfen's verkehrt Sie nicht versteh'n,
wenn sie ruft: Ach guck nur, heute,
ist Almabtrieb, die Glocken läute!"

Eine Dame, übermäßig,
hintenrum recht breit gesäßig,
die steckte letzt', wie reingepresst,
in der Brillenöffnung fest.
Es half kein Stemmen und kein Ziehen,
sie war nicht heraus zu kriegen.
Kein Zweck, so sprach ich, fällt's auch schwer,
jetzt hilft nur noch die Feuerwehr.
Drei Löschzüg' und ein Einsatzwagen,
einer hat die Scher' getragen,
die haben dann, auf mein Bitten,
sie aus der Brill' heraus geschnitten.
"Ach", meint sie später, "es wär' blöd,
wenn öfters das passieren tät,
denn haben den Hauptmann sie gesehen,
ich denk mir, der tut auf mich steh'n,
ei, der war mit seine Auge,
als so in meine ja am Tauche!"
Von wegen Augen, sag' ich da,
ich hab geseh'n wie's wirklich war,
sein Blickkontakt galt unbestritte,
einzig Ihre Hämorrhoide,
und mit denen - bitte sehr,
fällt das Blinzeln sicher schwer!

Wie gestern Abend, halb benommen,
ich spät, sehr spät, nach Hause komme,
da steht mein Mann noch auf der Matt':
"Acht Stund' hab' ich auf Dich gewart',
acht Stund' lechz' ich nach Deiner Nähe,
und wenn ich Dich so vor mir sehe,
da könnte ich mich glatt vergessen,
vor Sehnsucht bin ich wie zerfressen,
betracht uns zwei", so sagt er nur,
und zeigt auf sich und sei' Statur,
"mir stehe extra vor Dir stramm,
Pfund für Pfund und Gramm für Gramm,
jetzt Häslein, stehst Du in der Pflicht!"
Mein müder Blick streift sein Gesicht,

und wandert abwärts, so nach unten,
doch was mein Auge da gefunden,
hat mich, vielleicht seh' ich's verbissen,
nicht aus der Lethargie gerissen:
"Kommt, raunt's da heiser aus seinem Munde,
komm' und nutz' die Gunst der Stunde,
denn vor Dir steh'n, es ist eine Hit,
zwei Zentner reinste Dynamit!"
Das mag ja sein, tat ich verkünden,
doch wie willst je Du sie entzünden?
Denn Dein Zündschnur, ich seh's bang,
ist nur sechs Zentimeter lang!

Mit dem, was heut' ich so gesprochen,
hätt' gern 'ne Lanze ich gebrochen,
für die Leut', die wie Ihr wisst,
im Leben oftmals man vergisst.

Die kleinen Leut', die wie ich find,
am großen Rad die Rädchen sind,
und ohne die zu jeder Zeit,
kämen darum wir nicht so weit.
Sie sind wichtig, immerzu,
so wie Du und Du und Du,
und wenn wir all zusammenhalte,
da kann es doch - Gott Jokus walte,
eigentlich nur vorwärts geh'n,
in diesem Sinn "Auf Wiederseh'n",
das gibt's - ich weiß es ganz genau,
macht's gut, bis nächst Jahr, tschüß
Helau!

Rockmusik und Volksmusik

Zwiegespräch von Jochen Fuchs

Einmarsch Mann mit Lederhose und Tracht,
dazu wird kurz Volksmusik und Blasmusik angestimmt.

Mann: Wenn Blasmusik erschallt und Volksmusik klingt,
dann wird's mir leicht, werd' ich beschwingt
das geht ins Blut, das geht ans Herz,
vergessen ist all der Alltags Schmerz,
da mach' ich mit, da muss ich los,
hinein geht's in mei' Lederhos',
ich singe mit, ich möchte tanzen,
's tut auch gut mal meinem Ranzen,
ist Balsam für die Seele und für den Geist,
wie gut, dass mein Freund .... *(Name eines Volksmusikers einsetzen)* heißt.
Ich gerate ins Schwärmen und ins Träumen,
kein Konzert tu' ich versäumen
und stelle immer wieder fest,
mit Volksmusik sich's leben lässt.

Es erklingt ohrenbetäubende Rockmusik

Mann: Doch, ach Gott, was ist das für ein Lärm,
mir fährt's total in mein Gedärm,
der Gehörgang stellt sich mir schon quer,
wo kommt der Krach denn plötzlich her ?

Frau kommt rein, mit 'Ghettoblaster' auf der Schulter und lauter Rock - Musik

Frau: AAAAhhhh, das geht in die Ohren, das geht ins Blut,
höre ich Rockmusik, dann geht's mir gut,
die Anlage wird voll aufgedreht,
des muss so sein, ich denke, Ihr versteht.
Geht es dann los, mit Schlagzeug, Bass,
dann hab' ich richtig meinen Spaß.

Vibrieren muss es, in den Ohren klingen,
dann leg' ich los, dann tu' ich singen,
pack meine Luftgitarre aus,
hüpfe durch das ganze Haus,
schüttele mit dem Kopf, zuck mit den Beinen,
ich denk', Ihr weißt schon was ich meine.
AC / DC, Kiss, Metallica,
alle sind sie mit mir da,
spielen was das Zeug nur hält
und ich bin glücklich mit der Welt.
Nur so bekomme ich den Kick,
das Beste ist doch Rock Musik.

Mann: Das Beste, ha, dass ich nicht lache,
nur Krach, mehr tut Ihr doch nicht mache.
Tut so, als wärt Ihr vom wilden Affen gebissen,
steht da, wie in die Hos' geschissen,
versteht Euer eignes Wort nicht mehr
wie könnt Ihr auch, es lärmt zu sehr,
gebärdet Euch wie Vollidioten,
habt keine Ahnung von den Noten,
keine drei Akkorde kriegt Ihr hin,
nur Lärm, mehr habt Ihr nicht im Sinn.
Da lob' ich mir meine Volksmusik,
wie herrlich sie im Ohre liegt.
Oder nehmen wir den deutschen Schlager,
ein jeder hat einen auf Lager,
kennt die Melodie und summt gleich mit,
machten viele schon zum Hit,
früher wie heute, echte Renner,
ja, die wahrsten Dauerbrenner,
Evergreens, so wird's genannt,
nicht so wie Ihr, nur hirnverbrannt.
Ich stell halt immer wieder fest,
mit Volksmusik sich's leben lässt.

Frau: Ja, ja, so lässt sich's leben, bei den Senilen,
keine Ahnung vom Gitarre spielen,
Schwuchtel Musik, für Warmduscher nur,
von Musikverstand gar keine Spur,
keinen Dunst habt doch Ihr Greise,
wisst oftmals nicht, wie sollt Ihr sch......spucke,
kaum noch Zähne, lichtes Haar statt Tolle,
aber La Paloma pfeifen wolle.
Unsere Idole, dass sind Könner,
nicht so Nieten oder Minnesänger,
Richtige Männer, Ihr könnt's mir glauben,
die können einem die Sinne schon rauben.
Steh'n sie da, mit langer Haarespracht,
nicht im Dirndl oder Lederhosen Tracht,
mit Haaren auf der Brust, geil anzuschau'n,
dagegen ist......*(Musikernamen einsetzen)* nur ein Zirkus Clown.
Davon bekomme ich meinen Kick,
das Beste ist doch Rockmusik.

Mann: Langhaarige Bombenleger meinst Du wohl,
zugepumpt mit Drogen, meistens voll,
können nicht bis drei zählen diese Chaoten,
wirklich, dass gehört doch echt verboten.
Sollen das die Vorbilder unserer Jugend sein,
ehrlich, dazu fällt mir echt nichts ein.
Als Musik, kann man das ja nicht bezeichnen,
die jammern, es ist zum Steinerweichen
und ächzen fast, da mach' ich jede Wette,
so als ob sie Zahnweh hätten.
Vor lauter Gebrüll versteht man's oft nicht,
der viele Nebel raubt Dir die Sicht,
was sicherlich auch besser ist,
nur Masochisten ertragen so einen Mist.
Da bekomm' ich echt einen Hass,
Volksverdummung nennt man das.
Du siehst, ich stell schon wieder fest,
mit Volksmusik sich's leben lässt.

Frau: Doch ich glaub' es ist nicht alles mies,
auch wenn ich recht viel Dampf abließ.
Jede Generation hat wohl Ihren Stil,
ich denke, wichtig ist allein das Ziel,
welches Unterhaltung heißt
die Rock - und Volksmusik verheißt.
Ja, ich gesteh' es ein ganz leise,
jeder liebt es halt auf seine Weise.
Der eine mag es ruhig, der andere laut
dem einen ist dies, dem andren das vertraut,
man soll halt alles akzeptieren
und das Gegenstück auch respektieren.
Was meinst Du, sollen wir zu Schluss gemeinsam singen,
und das Publikum zum Klatschen bringen ?

Mann: Das klingt gut, machen wir's auf Schlager Art,
ich hab' da nämlich was parat.
Was fetziges, ein echter Hit
und ich hoffe, Ihr macht jetzt alle mit:

So ein Wahnsinn, ... *(Namen einsetzen)* feiert
Fastnacht, Fastnacht - Fastnacht - Fastnacht
Eiskalt - lassen wir die Halle vibrieren.
So ein Wahnsinn, erhebt Euch von den Stühlen
Stühlen - Stühlen - Stühlen
Und macht mit, bei unserer Narretei.

Helau!

Ein Reiseprofi

Günter Wedel

Ein altes Sprichwort tut es geben,
Arbeit - heißt's versüßt das Leben.
Doch mittlerweil' weiß jedes Kind
wie wertvoll Urlaubstage sind.

Doch wie's so schön ist auf der Welt,
ist was schön, dann kost's auch Geld.
Drum hab' ich mir seit vielen Wochen,
Tag und Nacht den Kopf zerbrochen,

wie macht man Urlaub wunderbar,
zwei bis drei Mal jedes Jahr.
Und schaut sich an die ganze Welt
und das für möglichst wenig Geld?

Bis ich des Rätsels fand,
man nimmt den Katalog zur Hand
und bucht dann ohne Ach und Weh
dreißig Tage Übersee.

Meckert dort an allem rum,
findet die Reiseleitung dumm,
Pool verdreckt und Zimmer schmutzig,
die Portionen klein und putzig,

kurz und bündig nur Bagage,
der ganze Urlaub wär' im .... Eimer,
und so kriegst Du zu Deinem Glück,
die Hälft' vom Reisepreis zurück.

Das langt, das find' ich dann okay,
für vierzehn Tage Titisee,
dort zieh ich ab die gleiche Masche,
und's Geld fließt wieder in die Tasche,

damit mach' ich dann mit Verlaub
drei Tage Wien - als Kurzurlaub.
Die gleiche Masche halt' ich parat,
das reicht noch für 'ne Kaffeefahrt.

Schon bei der Buchung gebe ich Acht,
dass man ja keine Fehler macht,
da achte ich drauf, egal was kimmt,
dass alles klappt und alles stimmt.

Zum Beispiel wie es sich gehört,
da leg' ich allergrößten Wert,
auf Kurtaxe, das ist doch klar,
wenn ich überhaupt mitfahr'.

Und heißt es dann im fremden Lande,
ein Süßwasserbecken wär' vorhanden,
da acht ich drauf, wie ich halt bin,
dass auch genügend Zucker drin.

Und hab' ein Zimmer ich mit Bad,
da sind die am Richtigen grad.
Dafür tu' ich kein Pfennig butze,
weil ich es überhaupt nicht nutze.

So löse ich in jedem Haus
einen wahren Freudentaumel aus.
Denn tret' ich durch die Flügeltür,
da fällt man auf die Knie vor mir,
im Ausland sind die noch sehr fromm,
die schlagen Kreuzjer, wenn ich komm.

Mein Handwerkszeug, das ist ganz klar,
Notizblock, Bleistift, Kamera,
mit denen geh' ich flotter Hirsch
die erste drei Tag' auf die Pirsch

und stell' den Schuppen auf den Kopp,
dreh jeden Schalter, jeden Knopp.
Und schick wie's eben halt so geht
zum Himmelszelt ein Stoßgebet...

Oh, Herr, beschere mir ein paar Wanzen
und lass die Mäuschen Walzer tanzen,
und was mit immer gut gefällt,
schick' einen Rohrbruch, der bringt Geld.

Letzt hatt' ich Pech, ich konnt's nicht fassen,
kein einziger Cent floss in mei' Tasche.
Ich schrieb im Brief ganz kurz und cool,
bei uns in uns'rem Swimmingpool,

das wär' eine Frechheit wie ich find',
wären fremde Chemikalien drin.
Denn jedes Mal, ich könnt's nicht fassen,
wenn ich beim Schwimmen Wasser lasse,

färbt sich das Becken grün sogleich
und zwar nur von dem chemisch Zeug,
dies wär', so schrieb ich frank und frei
eine riesengroße Schweinerei.

Im letzten Sommer war's gewesen,
da konnt' man in der Zeitung lesen,
Blick zum Meer und ruhige Lage,
das wurde gebucht, gar keine Frage.

Doch als wir dort waren, meine Fresse,
das Meer, das konnt' man glatt vergesse,
denn nur vom Dach man sehen konnt',
einen blauen Fleck am Horizont.

Doch machten wir uns auf, behände,
die Oma mit der Gummiente,
ich hatt' das Schlauchboot unterm Arm,
zweiundvierzig Grad war's warm.

Erst mit dem Taxi, dann mit dem Bus,
dann zweidreiviertel Stund zu Fuß.
Und als wir da war'n sagt mei' Frau:
"Wir müssen zurück in unseren Bau,

zum kalten Buffet, pfeif aufs Meer,
denn wer zu spät kommt, kriegt nichts mehr."
"Ach was", sagt's Karlchen und guckt klug,
"zu essen haben wir genug,

am Frühstücksbuffet an dem lange,
da war die Mama schwer zu Gange,
was die da abgegriffen hat,
werden wir heut' Abend noch satt."

Ein Fall, der hat mir über Nacht,
einen Haufen Geld zurück gebracht.
Und zwar will ich in kurzen Bildern
den Ablauf der Geschichte schildern.

Am zwölften Juli mit dem Bus ging's los,
Italien Land der Papagallos.
Sonne, Meer und viel Avanti,
Lambrusco, Pizza und Chianti.

Wir wohnten im Hotel "Al mare",
da hat das Schicksal zugeschlagen.
Meine Frau, die Oma, zwei Bekannte,
die haben am Empfang gestanden,

züchtig wie sich das gehört,
da wurd' der Friede je gestört.
Die Oma wurde sehr abrupt,
von hinten kräftig angestuppt.

Und eine Stimme fragt, eine nette,
ob sie nicht Lust zum Tanzen hätte?
Sie dreht sich um die Arme, ja,
wie einst Loths Weib so stand sie da.

Und das Entsetzen sie dann packt,
denn vor Ihr standen pudelnackt,
zwei Papagallos, treu ihrem Ruf,
so wie der Herrgott einst sie schuf.

Sogar meine Frau ist leicht getaumelt,
denn an der Männlichkeit da baumelt,
der Zimmerschlüssel, so ein runde
mit einem Schleifchen fest gebunde.

Ein Buschwindröschen ziert das Ganze,
ich denk, wie will der damit tanze?
Meine Frau war schon total geschafft,
von einer Ohnmacht weggerafft.

Doch die Oma rief, nur leicht pikiert,
wär' das vor vierzig Jahr' passiert,
glaubt Ihr, das wär' ich all die Jahre
schon brav ins Zillertal gefahre?

Ihr glaubt nicht, was man dann und wann,
im Urlaub all erleben kann.
So hat es mir vor vielen Wochen
vor Mitleid fast das Herz gebrochen.

Ein junges Paar auf Hochzeitsreise,
zurückgezogen still und leise,
obwohl sie eine Suite gebucht,
hat ständig ihren Mann gesucht.

Anscheinend ist der Superschlaue
jeden Abend abgehaue
und ließ die arme Frau alleine,
hätt' Ihr's gehört, es war zum Weine.

Denn immer gegen zehn behänd',
da hört ich durch die dünne Wänd,
anscheinend sucht sie ihren Mann -
"Wo ist er dann, wo ist er dann?"

Hätt' ich's gewusst in mancher Nacht,
ich hätt's ihr garantiert gesagt.
So ging dies vierzehn Tage lang
mir wurd' schon langsam Angst und Bang.

Doch in den letzten Urlaubsstunden,
Oh Gott, da hat sie ihn gefunden,
da hörten wir's ich und mei' Fraa:
"Da ist er ja, da ist er ja."

Ich glaub, ich wird mir's jetzt verhehlen
Noch weitere Stories zu erzählen.
Sonst kann es ziemlich leicht passieren,
dass man versucht, mich zu kopieren.

Einen Tipp, den will ich Euch noch geben
aus meinen reichen Reiseleben,
macht Euren Urlaub frisch und frei,
verzichtet auf die Nörgelei.

Zum Beispiel ich mach' nächstes Jahr,
in Deutschland Urlaub, ist doch klar,
und schau mich um im neuen Lande,
was ich bis jetzt aus Büchern kannte.

Will Weimar, Dresden, Potsdam seh'n,
möchte einmal auf dem Brocken steh'n,
die Wartburg ebenfalls ganz klar,
wo Luther schon Pensionsgast war.

Auch Rostock, Erfurt und Berlin,
ich freue mich drauf, da muss ich hin,
und geb' im neuen deutschen Haus,
meine Euros und mei' Cents dann aus.

Genug gesprochen, ich will seh'n,
was dieses Land für mich parat,
drum lasst mich auf die Reise geh'n,
wünscht mir viel Glück und gute Fahrt!

Helau!

Dichterservice

Du sitzt grübelnd noch daheim,
denn Deiner Rede fehlt der Reim.

Ganz egal zu welchem Zweck:
Taufe, Hochzeit und Comeback

Deines Karnevalsvereins,
Geburtstagslied für Onkel Heinz,

Du brauchst gar nicht zu verzagen,
einfach nur Regina fragen!

Regina Ebert Verlag
Hebbelstraße 19
14469 Potsdam
Telefon: 03 31 - 2 70 16 95
mail@ebert-verlag.de

Wenn Ihnen die Reime gefallen, Sie aber gerne etwas Individuelles haben möchten, erhalten Sie jetzt Gelegenheit, unseren Dichterservice zu nutzen. Schicken Sie uns Ihre Ideen! Wir kreieren einen peppigen Vortrag daraus!